JN192568

こころ睡らす

石井敏明歌集

Toshiaki Ishii

短歌研究社

こころ睡らす　目次

こころ睡らす

今年の木々

濃緑も膨らみも既に極まりて今年の木々のかたち定まる

函館の真夏日の午家々のどこ向く窓も開かれてあり

舗装路の凹みに残る打ち水の宙に漂ひかげろひて見ゆ

父母の墓参りつつ大根の種子蒔く時期になりたるを思ふ

穂の青き尾花の群に分け入れば遠き日の校歌聞こゆるごとし

羽搏きを鎮め水面を打つ蜻蛉この静けさにもの思ふべし

ちりちりと手花火燃えて幼な児の指（おゆび）の先をはつかに照らす

ひとひらの雲を閉ぢ込め一枚の波は岩間に崩れゆきたり

喚声を上げゐし子等の去りたればわたつみに立つ波音もどる

夏の終はり

すでにして七月半ば雨の日は文送りたき人あまたあり

窓に映る小鳥の羽の深緑われの思考を奪ふ色なり

緒をながく曳きて啼きゐる鳥の声夏の終はりの風運びくる

海の香を嗅ぐこともなく海の音聴きたるのみに夏は逝きたり

真つ直ぐに伸びたる茎の頂に石蕗（つは）はひとしく黄の花をおく

豊穣の秋

闇に咲く花の香りを嗅ぎ分けて寂しきものら寄り来るおもひす

老ゆるとは四苦を負ふとふことならずこの豊穣の秋をよろこぶ

綴られし文のむかうにかの人のまなざし浮かびてかなしみつのる

傾きし夕つ光が一面の楓の赤き落葉を照らす

虚空へと戻さんばかりの勢ひに雪逆巻きて風は吹き上ぐ

亡父の筆跡

一点を指して揺るがぬ赤松の秀枝に著し真白なる雪

決したる意志の飛翔か冬空を翼撓ませ鳥一羽ゆく

幾重にも円を描きて動かざる低気圧あり今朝も雪掻く

萎びたる蜜柑を剝きて食むときに亡父(ちち)の筆跡ふともおもほゆ

円錐の器のごとき街灯の光に降り頻く雪泛ぶ見ゆ

家中の寒気ことんと鎮まりて積もる気配に雪降りはじむ

ひよどりの高啼く声の遠さかり窓に映れるわが老いの貌

電飾の樹々きらきらしき立冬の道を歩まん肩を広げて

身の嵩

継ぐ言葉探しあぐねて別れ来ぬ貼られたるごと月は動かず

新聞の活字に紛れ動かざる小さき羽虫を指に潰しぬ

さながらに熱もつごとく月はあり心騒ぎて目覚めゐる夜半

白波の崩れん際の一瞬のその平衡を眼(まなこ)にとどむ

噴水の風に傾く傍らに一羽の鳩が身を膨らます

よどみなき時の刻みを阻まんとするものは誰ギャレットを聴く

沈めたるこの身の嵩の湯は溢るわれに湯ほどの力のありや

若き日の髪

崩れゆく己に惑ふ老いの部屋に月の光は容赦なく差す

この先の「生」変ふるべき事件など起る理なし独り言ちをり

ことばにて伝ふるすべをもたぬ今自虐の心ふつふつと湧く

マフラーを念入りに巻く指の先喉に触れにきとほき鬱の日

百円の新潮文庫の黄ばみたる頁より落つ若き日の髪

堤打ち越えてしづまる波のごとわが苦しみの極み過ぎにき

屈辱に耐ふるも日常のこととなりわが残生も終盤に入る

小澤勲先生を偲びて

認知症患ふ人らの因縁に報はんと書を著せり君は

君と二人酌みし函館の居酒屋の同じ席にて久保田かたむく

去年くれし君が賀状をその著書のあとがきに挿み書棚に収む

女童

稚けなき子が吹きとばすしやぼん玉風止めば天の高処にとどまる

深く睡る幼（をさな）を腕に抱くときふと生命の不思議を思ふ

枕辺の絵本を出でて幼な児の夢に入りゆけリスもこびとも

泣きしきる幼(をさな)をきつく叱りたりこころの在り処喪ふまでに

ま裸にガウンをまとひ女童は忍び足にて湯の香運び来

雷の音遠のけば幼な児は唱ひ継ぐなり「おすもうくまちゃん」

身を正し聴く

ただ広き家に独りに居るといふ二世代同居の頃の話に

整然と歯の跡並ぶ食ひ止しの菓子ひとつ老いの枕辺にあり

寄辺なく独り生き来し老い人の数多の愁訴身を正し聴く

焦点は短き距離に結びゐん老女の視線われに届かず

思ひ出に生くる老女の目交ひに蝶の舞ふらし楽(がく)に合はせて

黙然とただ差し向かひやうやくに視線が合ひぬ「疲れはせぬか」

差し伸べしわが掌の冷えてゐることに気付きてをらんこの老い人は

希死の念ながく語りし人が去りやうやくわれの昼食となる

老人のこころに添ひ得し今日一日満つる眠りにこの身を委ぬ

夕空

不調にて一日臥したる翌朝の味覚に老いの衰へを知る

再びは見ゆる（まみゆる）ことなき人達と身を寄せ路面電車に揺らる

角曲がり真つ正面の夕空に一つ星あり身の張りを抜く

ふる里の駅舎は今年新しく建て替へられて異郷のごとし

なにげなくものを想ひて眼を瞑るたまゆら黒き蚊視野に飛び交ふ

さ緑にほふ

日の光豊かになりし裏庭の黒土かすかに春の香となる

雛段に供へられたる吸物のさやゑんどうのさ緑にほふ

街灯の光およばぬ暗がりを見上げつつ捜す白木蓮（はくれん）の花

去年よりはひらきし花片少なけれど白花われの心を充たす

公園のはつか膨らむ花の芽よ今しばらくはそのままにゐよ

酒に酔ひ帰り来たれば幼な児は陰に隠れて声のみに笑ふ

臨終

人はなほ息つぎてをり冷え冷えと冬の夕日の遠のく中に

最期かと腕の時計に目をやればややおきて浅き息ひとつ継ぐ

監視器の二本の線が平らかになるを確かめ臨終を告ぐ

未整理の書類机の中央に残ししままに年越えんとす

花芯

春浅き川にせせらぐ音聞こゆわが生浄しと今は思へり

老幹に支へられつつ細枝の秀先にひとつ白き花咲く

紅白の花散り尽きて憚らぬさまに牡丹は花芯を見する

静かなるものの寂しさ浴室の窓の網戸に鳴かぬ春蝉

桜桃を春の陽の差す部屋に食ふ互みの思ひはつひに述べずも

花咲きし五月過ぐれば実を結ぶ兆し見せつつ葉の繁りゆく

昏れ方の窓に斜めの陽の差して視野をかすかな微塵がよぎる

今　は

日曜日の朝餉のあとに口切りに真似て新茶の封を切りたり

きのふより緑濃くなる今朝の街ニセアカシアに白き花見ゆ

汚れたる雪のかたまり残る庭糸ひくごとき寒き雨降る

薄紫つらなる藤の花の下ゆきつつ今は思ふことなし

夏至近き日の昏れどきに降る雨は気寒き音す一日こもれば

波しぶき散らして人も船体も白帆もともに右に傾く

楓(かへるで)は若葉満ちつつ風立てばひるがへるなり手招くさまに

香り放ちて

岩打ちて崩るる波の秀の先に赤き日輪ゆがみつつ沈む

つつましく秋咲く花の芽は立ちぬ暗き緑の雑草の蔭

あまたなる固き小さき実をつけて老いし胡桃の一樹は立てり

おのおのの香り放ちて虫を呼ぶいのちのことを語らぬ花が

夕凪の後に吹く風いづかたに発ちたる風か稍(やや)に冷たし

銀色の糸

銀色の二本の糸に身を結び揚羽の幼虫蛹となりゆく

蝶となり飛び発ちし後の殻の内ただ平らけき壁見ゆるのみ

仰ぎ見る頭上過ぎゆく旅客機の胴に小さき継ぎ当ての見ゆ

岸に沿ひ流れゆく花誰が捨てし哀しみなりやリボン結ばる

しばらくは地に沁み入りてをりし雨流れとなりて窪みに溢る

プラタナス

身を抜けて風ちりぢりに過ぎてゆくかくひややかに秋は到りぬ

さむざむと目覚めてをればいつしかに月移り来てわが窓にあり

樹々の葉の垂れて動かぬ夕つ方羽音かすかにあか蜻蛉飛ぶ

冬近き街に出づれば人骨の標本のごとプラタナス立つ

晴るるとも曇るともなき晩秋の空撫づるごと鳥が翔びゆく

いつしかに栗の老木伐られゐて寺庭の上に空の広がる

午後の陽を斜めに受けつつ自動車は同じ影曳きつらなりて過ぐ

地の彼方

二日三日続きし雨の上がる空蜻蛉の似合ふ色となりたり

みづからを嘆くごとくに鳴き止まぬ虫の声聴く晩秋の夜半

昏れ方の空と交はる地の彼方薄紫に均されてゆく

カーテンを細く開きて星一つ見ゆればやすらぐほどのこころか

冷えしるき朝の舗道の赤松の細葉ひとつひとつに雪積む

ものらみな息をひそめてゐるごとき岸辺に樹氷膨らみ初むる

春待つ心

大寒の枝に来てなくひよどりの日増しに鋭き声となりゆく

午後からの空澄みゆけば遠からぬ春待つ心にはかに湧けり

厳寒の朝窓に映る黐（もち）の実のあまたの紅われを熱くす

朝まだき目覚めし部屋のほの明し窓の桟にも雪の積もりて

風雪のしづまりし後の夜のしじま乱るる脈にしばし怯ゆる

樅の木

雪を巻き過ぎゆく風音聞きながら悔い多きけふの一日を憎む

南天の実に積む雪も日に解けて小さき安堵のごとく雫す

冬晴れの天に貼り付く薄紙のごとき白雲やがて消えたり

遠つ国より運び来たりし樅の木に電飾の点滅終夜絶えざる

わが窓に雪山遠く輝きて襞のいく筋見ゆる日の暮れ

冬の日はたちまち暮れて帰り路の車道鏡のごとく凍てつく

冬枯れの街路樹に混じり緑濃き葉に光もつ針葉樹はや

白き夕べ

小止みなく雪降りつづく夕暮れの広野ひと色の静寂となる

紅き実のつらなる枝をつかみつつ逆立ちて啄む鳥ひとつ見ゆ

松の葉も凍る真冬日つづきつつ年替り日暮れの遅くなりゆく

唐突にひとときしげく雪降りて静けき白き夕べとなりぬ

一瞬の光それぞれ発しつつ朝の廂に続くしたたり

あさまだき家を出づれば冷え著き空気重しも雪の匂ひす

わが窓に冬日差し入るひとときを恵みのごとく思ひつつをり

音の雫

睡るともなき眠りより醒むるとき急かるるごときこころの湧き来

湯気こもりおぼろなる灯の浴室に湯を打ち据ゑて音の雫す

腰低く構ふる姿勢身につきて詮なきことにこころは惑ふ

言ひやうのなき気分もて無意識に二本の指が卓の面を打つ

留守電は挨拶のみにとどめおき用件は後日の親書に託す

風の行方

楽曲の四小節をくり返し歩道を園児の楽隊が行く

六階の窓の辺に立ち点さざる家あることをしばし寂しむ

太幹とわれを揺さぶり行く風の行方砂塵の流れにて追ふ

砂浜の渚に退きゆく波音に遅れて砂の移りゆく見ゆ

すぎゆきを思へばこころひたすらに雪降る夜半の静けさとなる

標

一面の濃き紫に均されて夕空はみづからの標（しめ）失ふや

天窓を重たき雲の流れ継ぎわが憂鬱も永く果てざり

啄木が日毎見にけん函館の臥牛の山をわれかなしまず

老臭は老醜ならずと思ひつつわが部屋の窓開け放ちたり

寂しみを遣らんよすがを探し得ず苛立ちしまま一日終はりぬ

春の花

酩酊し帰宅のわれの蹌踉と歩む姿を幼(をさな)は真似ぶ

足の爪切りつつ思ふ柞葉(ははそば)の母の履きゐし白足袋と雪駄(せった)

ピスタチオの殻の散らばる卓上に肘つけば同じ思ひが責むる

鉢植ゑのクリスマスの花過ぎかたとなりて睦月のサラリーを受く

午前二時過ぎてなほ意の定まらず風雪は窓を打ちつづけゐて

酩酊の身をかばひつつ街角を二度折れしときわが影の消ゆ

若き日の慣ひなりにし夜のラジオ聴きつつこころ衰へてゆく

君が手を掛け来し庭に春の花黄に咲き初むる母の日の朝

弱　者

みづからの喘鳴の音に目覚めたり気圧配置も冬に向かふか

アスファルトの道に急げば膝に発つ硬き響きが腰に伝はる

訴ふる老いの言葉を聴き取れずうなづくままに病室を出づ

大丈夫ですかと声を掛けられてにはかに弱者の心境となる

一片の雲の流るる水無月の空が一樹の影を奪ひぬ

日もすがら一色（ひといろ）の雲にさへぎられ街ゆくわれに影ともなはず

人気なき園に桜花の散りやまずわれに湧きくる散華の思想

地番など定かならざる人の家黄の花侍みて訪ね当てにき

七月尽日

初夏（はつなつ）の午後の日差しは羞しくて家の外壁に葉の影遊ぶ

学童の追ふ虫網をやすやすと逃れて蝶は森にまぎれつ

翻りひるがへり飛ぶ黒揚羽あはれ骨なきものの柔軟

夏真昼西瓜を割りて朱き果肉見えぬ際まで喰ひすすみたり

麦秋といふ夏あるも哀しけれ七月尽日暖房を焚く

深紅の花がばさりと落ちゆきて梢ゆるゆる立ち直りたり

乾坤の文目もわかぬ闇に並む船が人家のごとくに点す

よき歌の欲し

平らなる流れの先の川底に段差のありて水さやぐなり

夜の明けを臥し処に待つに遠空の色づくときに冷えの広がる

樹々の葉の揺るるさまさへありありと見えつつ今宵の満月のぼる

みこし草寂しきさまに揺れやまず笛の音ひびかふここの宮地に

九月二十日過ぎて間もなく中天に月満ちたればよき歌の欲し

昼点す店

平らかに去年の枯葉の貼り付きし地の面に重くひと日雪降る

月光は梢の影を地に誘ひわれにうながす寂しみの情

この年の二月の寒さ厳しくて二日残してカレンダー割く

花に似て花より重く沈む雪いまだ手慣れぬパソコン閉ざす

深々と雪降り積もる路を来て昼点す店に替へ芯を買ふ

十字を結ぶ

夕映えて山椒の冬木立ちてをりわれは完成を得ず老いにけり

野中なる二本の松は相共にいとほしむごと影の重なる

薄明の寒きに覚めてひとつことの思ひの去らぬ一日始まる

冷え冷えと十字を結ぶ街の灯をここより遠くのぞむ折ふし

若き日の夢のごとくに雪積もる細き一樹が枝反らし立つ

積む雪の表面（おもて）を渡る疾風に吹き上げらるるごとく鳥発つ

凍天を啼きて飛びゆく鳥の群再び会はんこともあるべし

受容

殻破り啼く雛のごと木蓮の白花天に向きて咲き初む

時ながく夕映えてゐる木々の梢（うれ）夜の暗闇拒むごとくに

老い深き病者に春の日は差せり受容とはかくかなしきものか

いつにてもこの 私（わたくし） はひたすらに人のこころに添はんと努む

ひとときを語らずをれば言の葉に尽くせぬあはれ溢れて来たり

ある時の少女の思考にわが抱く揺るがぬ信念の形をみたり

極まりて蒼く澄みゐる凍て空に影くきやかに一樹立つ見ゆ

今生

束の間の半孤の虹のたのめなき彩ふり仰ぎしばし佇む

海鳥のあまたのものら陸深く猫と競ひて地に餌を漁る

言葉なき想ひにこころ揺らぐごと柳の一樹そよぎやまざり

他生には二世（ふたよ）のありと説かるれどわれには見えず今生さへも

丈低き櫟の古木に芽吹き見ゆ群に紛れずわれ老いにけり

こころは臓器

ことばにて表はし難き諸々を容れて温むるこころは臓器

いたく強くわが両頰は打たれたり夢の中まで追ひ来しは誰

開きたる窓より出でゆく夜の気配たちまち闇に解けてゆきたり

むなうちに山椒の枝の秀のごとき孤絶のこころややに兆しぬ

双の掌に頤（おとがひ）支へ目瞑ればけふありしこと幻のごとし

大いなるもの

間断の颪に身を揉む木のごときわれに淋しき怒りの湧き来

迷妄は解かれぬままに陽を海に沈め退きゆく大いなるもの

等閑に立つ樹と言へど自らの位置を保ちて伸びてゆくなり

宿の下細く流るる街川の海に注げばたちまち同化す

明け暗れの意識あやしき時の間に顕ちくるものをしかと拒めり

覚醒へ続く時の間身のうちにまだ見ぬ無我のわれの兆すか

牧歌

秋の日を負ひつつ上る石段にくぐまるわれの影が先立つ

新しきいのち発たしめしづもれる空蟬一つ枝に留まる

胸うちに古き牧歌の声止まず暮れゆく原に尾花そよげば

秋天を仰げば顋ちくる人ありて蔦の巻きひげもどせど詮なし

うねりつつ夜を渡り来るもろもろの音は言葉にならぬ語らひ

こころ睡らす

死の刻を告げられし人の枕辺に時計は確かな時刻むなり

おのが老い自覚しをれど殊更に今宵の月の光かなしも

病褥を窓近く寄せ夕の月見せしめたれば冷たしと言ふ

元旦を一の蔵とふ酒と居てこころ睡らす術探りをり

邑楽(おふら)郡梅島村大字南大島まだ見ぬ上野(かみつけ)遠つ祖の地

プレッサーにズボン挿めばしまし経て室に薬品の匂ひ立ちくる

葱坊主に明るき雨は降り注ぎ午後の予定の手順確かむ

潔　斎

けふもまた死を希ふ人と語りたりあぢさゐに白き月光留まる

午前四時部屋明るめば起床して朝餉のときを書を読みて待つ

白焼のときしらず鮭の脂身におろしを添へてうまさけを舐む

ごみ袋あまた積まれし街角に備忘のメモの確認をする

今しがた死にたる人にひそやかに棲みゐる人もともに死ぬらん

湯を浴みて粥と梅干しの夕餉終ふげに潔斎のごとき日は過ぐ

二人のみの朝餉の卓に突然に雷鳴りて一人が起ちぬ

狭量

購ひし古書に幾筋の傍線のありてゆかしき人を思へり

わがうちを詠まばおのれの狭量を知らしむべしと思ひて惑ふ

注ぎたる湯呑みに泛ぶ茶柱をよろこぶひとと永く生き来し

かさぶらんかの香を問ふ声に夏の日の記憶のごとしと臥しつつ応ふ

ゆるゆると深き抑うつに沈むごと人多き朝の昇降機に居る

両の腕あらはなる人の群にゐて種痘痕もつ人見当たらず

壁に彩ふ夕つ光のはかなきに似たるこころに人と別れ来

ことば探して

極月尽山形名酒出羽桜茂吉佐太郎偲びつつ酌む

見ることなくつけたるままのテレビより時折碁石を探る音のす

伝ふべき思ひのありてさまざまにことば探して一日過ぎにき

ふる里の四条東の森陰の古刹の荒れし池に蓮咲く

みづからに選びし道に惑ふとき母を埋めにし丘に足向く

機関車の喘ぎのごとき笛の音(ね)は耳にはるけきふる里の音ぞ

色のゆくへ

冷えながら父の書棚の古き書を拾ひ読みせしわが少年期

肘に触るる机の面の暖かき季節となりて山椒かをる

三段目の人形の笛欠けてゐる雛を飾りぬ弥生朔日

一塊の残雪の縁ににじみたる雪解の跡も凍みて夜となる

雨に濡れ地(つち)に貼り付く花片の色のゆくへをしばし思へり

馬糞風

やがて他家へもらはれゆかん約束の黄の花もともに庭にひらけり

一点を穿つごとくにきりきりと雲雀はのぼる高く真直ぐに

山間（やまあひ）の一筋の煙蒼白くある高さまで直ぐに伸び立つ

馬糞風とかつて呼ばれし春の風道行く人らの裾払ひ過ぐ

夜に入りて寒さよびこむ春の雨街灯の照らす範囲に見ゆる

文月

壊されてまた編み直したる新しき糸光る巣に蜘蛛は生ひ立つ

街灯の途切れし細き路地に入り文月の雨額(ぬか)に確かむ

大き鳥翼をひろげ羽搏けるごとき形に寄する白波

文月の初旬の窓に天蒼し足元に小型暖房器燃ゆ

朝まだき電線に身を震はせて媚ぶるがごとく雛鴉啼く

前方に傾るる道の勾配の先にほのけき漁火揺るる
幾許か心のさやぐ朝の道ニセアカシアの花の香きつし

廂間

水泡のみ砂に残して退きてゆく波ことごとく平らけくして

放たれし稚魚は流れに従ひて川下りゆく未来のあれよ

潮に焼け干反る山椒の葉にさへや今年最後の揚羽蝶来る

廂間(ひあはひ)に薄日のとどく頃ほひにやうやくわれの部屋の明るむ

枝先の撓まんばかりに繁りたるマロニエ影を地に重く置く

北大構内

そらかぎる山のすそまで黄に染まり舗道に溜る水の凍て初む

朝寒と思ひつつをれば窓硝子掠めて大き雪の片落つ

水門に落つる水音いつしかに響き烈しき頃となりたり

紅葉のあまた沈める川底にすばやき動きに隠れしは何

振りさけて見よとばかりに天ふさぐ北大構内銀杏の黄葉

久しき空

溝川（どぶ）と呼べど流れは浄くして日の差さば小魚の影も生まれん

千切れつつ飛ぶ秋の雲真四角の天窓の中に時の間見ゆる

昨夜の風樹々の落葉を畢らせて久しき空の明るさとなる

日の匂ひ溜りし昼の蓮の濠小さき気泡がつぎつぎ浮かぶ

夜半細く開きし窓に聞こえ来る昨夜と変らぬ秋の虫の音

隣家の窓に当たりて反る日がわが浴槽の湯を照らすなり

日の落ちていくばくの間を灯すごと満天星(どうだんつつじ)のおぼろなる白

霰たばしる

年々の秋に見慣れし赤蜻蛉見ぬまま今年の初雪となる

吹きすさぶ風雪に面そむけつつ歩めば体傾くものを

ぱしぱしと鞭打つごとき音立てて霰たばしる黒き舗道を

さらさらと硝子戸に触れ降る雪の影見えながら夜の深みゆく

日向（ひむかひ）に位置を定めて唸りゐる凧を避けつつ鳥は翔ぶらし

雪払ひ草はおのれの葉を広ぐ冬日に折々輝きながら

思考

記憶にも寿命のあらん伝へ継ぎゆかねば見えずなりゆくものを

沈黙も思考のかたちか嘴をひそめ電線に鳥動かざり

朝靄のこもらふ街に出でゆきてわれの常なる孤独をぞ見つ

風狂の禅者のごとくいづくより来たりいづちへ還る思考ぞ

若き日の安堵に伴ふ哀愁のごとき音もて雨降りつづく

踏まるればいよよ固まる雪の道かなしみをうちに深く閉ざすか

水際の短き距離を往き還るささ波のごときわれの思考ぞ

今日までのいくつ犯しし僻事（ひがごと）を明かすことなく生き来しものか

世過ぎの術

もどらざる誓ひのごとく街川の流れゆるやかに海へと向かふ

傾命に何求めんと高き木の秀枝に鳥の身を絞り啼く

この時世寡黙は世過ぎの術ですと七十年前を言ふごとく言ふ

還り来る悲哀のごとくひそひそと砂を食みつつ波の寄りくる

最上川蔵王月山鳥海山金瓶上山大石田茂吉

聞き慣れし屋根打つ雨の音にさへ乱れんとする今の心か

目守(まも)らんとわが為ししこと曇り夜の下延(したば)へのごとしと人は言ふらん

曠日弥久

たどり来てここに休めとわがために平らなる石誰が備へしや

鳩の群分けて歩めばその中のいくつか恐れて飛び去るもあり

重心の移らん際の平衡を保たんとして鳥歩み出す

仰向きてわが四肢を伸ぶ迷妄の一切身より捨て遣らんとして

来し方を向かはん方に重ぬれば大凡のこと辻褄合はず

嘆かひの身を責め止まぬこの宵の大海原の深き沈黙

遠山の木々の緑の響かひに曠日弥久を決め込みてゐる

序列

老いるとは日の差しかける中にのみ輝くことか黄葉夕映ゆ

ふと触れてそと遠ざかる寂しみのごとく微風にふらここの揺る

いっせいに飛び立ちながら空中に鳥の序列のかたち定まる

携さふるべき白き手を探りたり明け方の淡きうつつの中に

抑うつの思考回路の途上にて許せぬ人のかげも顕ちくる

疾風に逆らひて翔ぶ一羽見ゆその身しばしば形崩して

衰年

この幾日妻臥しをれば安売りの曲り胡瓜の膾にて酌む

衰年のあはれと言はん眼鏡かけ小骨分けつつ食ふわが仕草

亡き人を戒名に呼ぶもののなし七日経て再び集ひたる今日

手続きを省き元旦の朝ドアに挿みて来たり孫への賀状

留守居とふ独り居に慣れ一日の夕べ鶏卵を片手にて割る

貝合はせ

ソプラノのアベマリア聞くここちして君くれし葉書卓の上に置く

やよひ三日出前料理のちらし寿司妻と娘と孫と食みをり

ただひとり部屋にこもりて文蛤(はまぐり)の貝合はせのことしきりに思ふ

特大の淡紅色の牡丹花の蕊に入りゆくその虫は何

風の香のかすけき変化にふと気付く制服少女ら前過ぐるとき

しづかなる雨に濡れゐる桜葉の垂れては戻る反復の見ゆ

傾きし秋の陽とどく枕辺に冷めたる珈琲と読みさしの本

花期

自らの寂しき動き映す影耐へがたくして踵をかへす

咲き盛る春の花壇のひとところ花払はれしチューリップの群

春深けて短き夜のしづまりに明日は忘れんことを誓へり

何をなし終へゆくわれか今年また桜は短き花期を終へたり

六十八歳茂吉が欲りし山形の新米を宝来町の人より給ふ

少年の日にせしごとく川べりにかがまりて摘む春の草々

細き声階のぼり来てわが部屋の前にとまれば書(ふみ)閉ぢて待つ

間合

給はりし薄き衣の天麩羅の楤の芽のあを眩しみて食ぶ

朝刊のおくやみ欄に来世とふ名のあり生後七日のあはれ

面相は見慣れてあれど即座にはその名浮かばぬひとつの海鼠

説く言葉閉づる間合をはかりかね重ねし一語がわが内を責む

独り居ることに慣れたる昼の卓カップの麺に白湯を注ぎぬ

即席の力うどんに餅一つ加へて食ぶ独り言（ご）ちつつ

一本の鉛筆となりて夜の更けをもの書きてをり背（せな）丸めつつ

万事休すとつぶやきながら歩む道ただの一事に過ぎなきものを

M君へ

なつかしき君が指（おゆび）に拈（ひね）りたるぐい呑みを今宵使ひ初めたり

牧水を口遊みゐし君を想ひこころしづかに秋の酒酌む

帯広の名門茶屋での若き日が給ひし器の底に浮かびぬ

身の丈

開くとき常に擦(こす)るる音のする扉を押して暗き店に入る

「二合半」の暖簾「こなから」身の丈に合ふと思へば分け入りにけり

淘(ゆ)らるればすぐに毀れんほどのものこころに詰めて帰り来たりぬ

大きなる樟の樹影に踏み入ればわが影たちまち消えてゆきたり

ルル三錠に集中力は回復す効きてゐる間に一仕事せん

函館

三方を海に抱かれて細く括る函館といふこの街に住む

横穴式塹壕と砲台を隠し持つかなしき山を臥牛山と呼ぶ

毎日の決りのごとくに隣家より来る小さき犬膝に遊ばす

人に混り畳に眠る動物のいとけなきさま幼な児に似る

かつて子がわれの胡座に眠りしごと眠りてをりぬセレナといふ犬

父の手遊び

雪深き線路に沿ひて駅舎まで君と歩みし十七歳の冬

凍つる陽の光斜めに差す部屋に君淹れくれし紅茶うまかり

十方を徒歩にてめぐりしふる里の小さき町に還り難しも

ヴァイオリン三味線尺八若き日の父の手遊(てすさ)びおもふ折ふし

跋

こころという難問

奈賀美和子

石井敏明さんとのご縁は、二〇〇一年一月、「星座――歌とことば」創刊時に、私の選歌欄に配されたことが切っ掛けである。

初めから作品は整っていて添削コースではなく、選歌のみのご希望であった。五年程して、その選歌システムが固定制から輪番制になり、選歌の機会は、年一回になった。そんな細々と続く関係の中で、この度、私を信頼して下さり、歌集のための六百首を託されたことを深く受け止め、どの一首も心を寄せて拝見した。

十七年間のご縁の中で、私はまだ一度も石井さんにお目もじの機会がなく、ご年齢、ご職業等も、作品から想像する以外なかったが、その分、純粋に作品世界に没頭できたと思う。改めて読み返すと、存在の絶対的孤独から目を逸らすことなく表現しようとする、求心的な〝心のかたち〟が泛かび上がり、直接胸に迫ってきた。

① 沈めたるこの身の嵩の湯は溢るわれに湯ほどの力のありや
② ことばにて伝ふるすべをもたぬ今自虐の心ふつふつと湧く
③ 薄明の寒きに覚めてひとつことの思ひの去らぬ一日始まる

④ いつにてもこの私（わたくし）はひたすらに人のこころに添はんと努む
⑤ この時世寡黙は世過ぎの術ですと七十年前を言ふごとく言ふ
⑥ 今日までのいくつ犯しし僻事（ひがごと）を明かすことなく生き来しものか

はじめに自己凝視の作品を紹介した。

①、一首の具体の支える説得力に、自身の身心の応働を問う作品。ここに創作の源を見たような気がする。②、すべてを背負い込もうとする〝自虐の心〟が痛々しい。③、ひとつの思いに囚われての苦しいまでの逡巡。④、嘘偽りのない著者本来の姿が尊い。⑤、下句の発想の転換に自己との距離が生まれ、やや余裕のようなものが感じられる。⑥、大方の人が普通にしているとしても、自分には許せない。不器用で打算のない生き方が伝わる。

上梓に向けての遣り取りの中で、今まで何となく作品から想像していた著者のご職業は、やはり医師であることが判明した。その立場での病む人への懇ろな心寄せにも、その人となりを思わずにはいられない。

Ⓐ ただ広き家に独りに居るといふ二世代同居の頃の話に

Ⓑ 整然と歯の跡並ぶ食ひ止しの菓子ひとつ老いの枕辺にあり
Ⓒ 寄辺なく独り生き来し老い人の数多の愁訴身を正し聴く
Ⓓ 老い深き病者に春の日は差せり受容とはかくかなしきものか

Ⓐ、老患者の、広々とした家での独り暮らしの話に、その空間的なもののみではない、積み重ねてきた時間への哀惜の念が滲む。Ⓑ、老人と雖も丈夫な歯を保つ人だろう。でも一つの菓子を食べ尽くすことのできなくなった体力。このアンバランスを差し出すのみに思いを深めている。Ⓒ、年老いた人の数多の愁訴を身を正し聴く著者。誠実な人柄が泛かび上がる。Ⓓ、誰もが心弾む春の日差し。それ故に、この病者には、猶かなしいものでしかないとの感受に、一般的「受容」の意味を広げている。

㋐ 屈辱に耐ふるも日常のこととなりわが残生も終盤に入る
㋑ 老臭は老醜ならずと思ひつつわが部屋の窓開け放ちたり
㋒ 訴ふる老いの言葉を聴き取れずうなづくままに病室を出づ
㋓ 大丈夫ですかと声を掛けられてにはかに弱者の心境となる
㋔ 衰年のあはれと言はん眼鏡かけ小骨分けつつ食ふわが仕草

老人を診る著者もまた、抗いようもなく進む自らの老いに目を逸らすことはない。そんな中にも、前向きに受け止めた次のような作品に出会うと、ほっとする。

老ゆるとは四苦を負ふとふことならずこの豊穣の秋をよろこぶ
電飾の樹々きらきらしき立冬の道を歩まん肩を広げて
九月二十日過ぎて間もなく中天に月満ちたればよき歌の欲し

ここまで作品に添って著者の心のうねりに読みを重ねてきたが、その哀しみを私はどこまで理解することができたであろうか。どうしようもないものが私の哀しみとなる読後である。そんな思いの揺蕩う中、寡黙な次の一首が胸に響いた。

重心の移らん際の平衡を保たんとして鳥歩み出す

平衡を保って歩む鳥の姿は、片時も、気の休まることのない、足場の定まらない不安定さと切り離すことはできない。この外部世界との目に見えない連携と緊張を体の中に留める鳥の歩みを見事に洞察している。それはまた、著者の生の律動そのもの、存在するすべてのものに結びつくものとして、捉えているからに他ならない。

ⓐ 一面の濃き紫に均されて夕空はみづからの標失ふや

ⓑ ことばにて表はし難き諸々を容れて温むるこころは臓器

ⓒ たどり来てここに休めとわがために平らなる石誰が備へしや

最後に、採り上げられなかった作品の中から、どうしても紹介しておきたい三首を記した。

ⓐⓑ、「空の標」、「こころは臓器」と端的に言い当てている。ⓒ、厳しく自己を見詰め続けた眼差しは、広くやさしく他者に向けられ、そこには目に見えない繋がりへの感謝の念も滲む。著者はようやく世界を別の観点から捉え直す境地を手に入れたようだ。

タイトルの『こころ睡らす』は、「元旦を一の蔵とふ酒と居てこころ睡らす術探りをり」から採った。自省的問いかけに絶えず揺れ動く「心」という難問を睡らせることなどできなかった人の、葛藤の歳月として、この一冊を読みたいからである。

身体を地上に繋ぎとめ、人として存在させるもの、それが「心」である以上、著者も承知の上の一首の逆説的見解であり、願いでもあろう。それを推し量っての命名である。

ながく作品を受け止めてきたご縁で、感想を連ねてきたが、紙面のこともあり、多くの佳作を割愛しなければならないことが残念である。

医師として自他の「生」と向き合ってきた人の、常に誠実であろうとする故の葛藤の中に、言い難いほどの優しさと、もろく崩れやすいプライドを感じずにはいられない作品群である。著者は、その総てを創作の糧としているからこそ、自己凝視に怯まぬ精神を、内に培うことができたのだと思う。

ご上梓を心からお歓び申し上げる。

二〇一七年　秋

あとがき

本歌集『こころ睡らす』は平成十六年から平成二十八年までの十三年間に書き溜めていた約二千首から六百首を自選し、それらの中から奈賀美和子先生に一冊のための選歌をお願いした。
私にとって作歌は日常的作業ではなく、接した自然や出会った事象がその場で短歌として言語化されることはほとんどなかった。
日曜、祝日の余裕のある時間に、ここ二、三年は早朝の数時間に机に対かい、静かに言葉の浮かぶのを待つと言った具合であった。
私の技量がそのことを常に許したという自信はないが、作歌に当たっては体験した具象から立ち上がる詩への昇華を心がけた。
私は平均寿命の年齢に達しようとする今日にあっても、揺れ惑う心を恥じ、定まらぬ己を嘆きながらも、それらが短歌を詠み続ける意欲の支えであるようにも思えるのである。
本歌集の出版に際して「星座」主筆尾崎左永子先生をはじめ多くの方々

に謝意を表したいが、平成十三年「星座」の創刊時より今日まで一貫して御指導いただいている奈賀美和子先生には多大なご支援とご指導をいただいた。厚く御礼を申し上げる。

また、短歌研究社の國兼秀二氏、菊池洋美氏には種々のお世話をいただいた。御礼を申し上げたい。

平成二十九年新秋

石井敏明

著者略歴

1937年　北海道稚内町（現在、稚内市）に生まれる
1963年　北海道大学医学部卒業
2000年　「未来短歌会」入会（2002年退会）
2001年　「星座の会」入会
2004年　歌集『わかれゆく』刊行

省検
略印

平成三十年一月一日　印刷発行

歌集　こころ睡（ねむ）らす

定価　本体二〇〇〇円
（税別）

著者　石井（いしい）敏明（としあき）
郵便番号〇四二―〇九四二
北海道函館市柏木町一九―一

発行者　國兼秀二

発行所　短歌研究社
郵便番号一一二―〇〇一三
東京都文京区音羽一―一七―一四　音羽YKビル
電話　〇三（三九四四）四八二二番
振替　〇〇一九〇―九―二四三七五番

印刷者　研文社
製本者　牧製本

ISBN 978-4-86272-564-6　C0092　¥2000E